GiRaLUNa

Eduardo Gudiño Kieffer

GiRaLUNa

Ilustraciones de *Maia Miller*

LECTORUM
PUBLICATIONS, INC.
111 EIGHTH AVE., NEW YORK, NY 10011-5201

A María Laura de Diego

Diseño: *Eduardo Ruiz*
Copyright © 1993 Emecé Editores

Primera edición en U.S.A., 1996.

Esta edición ha sido publicada bajo autorización de Emecé Editores.

LECTORUM PUBLICATIONS, INC.
111 Eighth Avenue
Suite 804
New York, NY 10011-5201

ISBN: 1-880507-25-0

Printed in the U.S.A.

10 9 8 7 6 5 4 3 2 1

Antes de Empezar el Cuento, Te Cuento...

Hay tantas flores que no se pueden contar ni sumando
los dedos de las manos a los dedos de los pies.
Casi todas tienen perfumes diferentes. Y todas, pero lo que
se dice todas, son de colores lindísimos.
Rosas, jazmines, violetas, amapolas, campanillas...
¿Cuántas puedes nombrar? ¿A ver?
Bueno, sí, está bien, son tantas que ni siquiera el más
sabio de los jardineros sabe sus nombres.
Sí, hay muchas, muchas, muchas flores.

Y entre ellas
hay una que se llama *Girasol*.

Los girasoles se llaman girasoles
porque giran sus corolas para mirar al Sol.

¿Qué es una corola?
La corola es algo así como la corona de una flor.

Tiene pétalos de oro
la corola-corona
del girasol

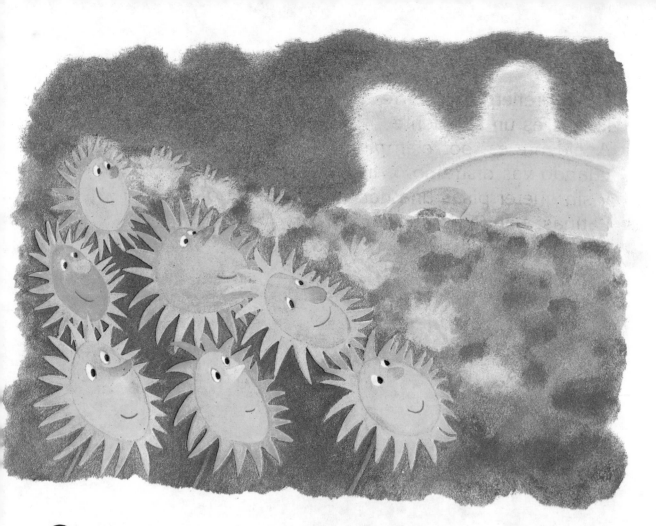

Cuando el Sol se despierta en el Oriente,
los girasoles miran hacia el Oriente.

Cuando el Sol se duerme en el Occidente,
los girasoles miran hacia el Occidente.

¡Cuidado! No confundas Occidente con accidente.
Occidente es un punto cardinal.

Que tu maestra te explique
lo que es un punto cardinal.
Y lo que son los puntos cardinales.   Yo prefiero...

... Yo prefiero explicarte
lo que es un accidente.
Accidente es, por ejemplo,
cuando vas distraído o distraída por la acera
y sin querer pisas una cáscara de plátano.
Patinas, patinas...
Resbalas, resbalas...
¡Y en el suelo terminas!

Los accidentes casi casi
no tienen importancia
cuando nadie nos ve.

Pero si nos ven... ¡Qué papelón!

Nos señalan, se ríen,
nos da vergüenza
y no nos duele tanto el golpe
como el corazón.

¿Por qué será que todos nos reímos
cuando es *otro* el que se cae?

No nos gusta nada que se burlen de nosotros,
y sin embargo nos burlamos
de los demás.

¿Está bien o está mal?

Y Ahora Te Cuento Lo Que *Se* Dice el Cuento

Había una vez...
un inmenso, inmenso,
inmensísimamente inmenso
campo de girasoles.

*Parecido a los que amaba
un pintor llamado Van Gogh.*

Era como una luminosa alfombra amarilla,
tendida desde la orilla del camino
hasta más allá del horizonte,
y bordada con corolas-coronas
doradas, rubias, altaneras.

Sí, era un campo de girasoles orgullosos.
De esos que, como algunos chicos y algunos grandes,
se empinan sobre sí mismos
y se empujan un poquito
(o un muchote)
porque cada uno quiere ser el primero,
porque cada uno quiere ser más alto que el otro.

Ni siquiera se hablaban.
Sólo les importaba crecer y crecer,
amarillear y amarillear,
cada vez más radiantes
y siempre girando
para no perder de vista al Sol.

El Sol no les prestaba
mucha atención,
seguía su camino
tan alto, tan solo.

Así durante el día. ¿Y durante la noche?

Cuando el Sol se ocultaba
los girasoles no tenían nada que hacer.
Mustios y aburridos,
se doblaban sobre sus tallos, bostezaban,
y se quedaban dormidos hasta el nuevo amanecer.

Entonces, cuando el primer rayo incendiaba
el bordecito de una nube,
los girasoles empezaban a levantarse
y reiniciaban su adoración
siguiendo con sus corolas-coronas
el lento deslizarse del Sol en el cielo.

Las corolas-coronas
no hablaban entre sí,
pero todas querían
quedar bien con el Sol.

Le decían que era bello,
que era tibio,
que era resplandeciente.

Le decían que deseaban alcanzarlo,
servirlo,
acompañarlo,
viajar en su cortejo.

Entre tantos girasoles ambiciosos,
felices porque el color de sus pétalos
se parecía al del rey del cielo,
había uno que nació más tarde...

Por más que se estiraba y se estiraba,
no lograba asomar su cabecita paliducha
por entre la de sus hermanos.
Y ni siquiera podía imaginarse
cómo era ese Sol tan admirado,
tan elogiado, tan adorado.

Solamente por la noche,
cuando los demás se doblegaban,
se acostaban y se dormían,
nuestro girasol pequeñín,
pero siempre de pie,
podía ver el cielo.

Entonces, por supuesto,
el Sol ya no estaba,
su tibieza ya no estaba,
su resplandor ya no estaba,
su amarillo ya no estaba,
su luz ya no estaba.

Sin embargo otra luz,
como de tul, levemente azulada,
neblina acariciante,
envolvía las copas de lejanos eucaliptos.

Esa luz provenía de un disco de plata
que navegaba entre millones de estrellas.
Era la luz de una sonrisa,
la luz de una palabra silenciosa,
la luz del mensaje nocturno
que decía...

No soy el Sol, soy la Luna.
Tengo mil nombres más, todos sagrados.
Soy la Diosa Blanca que ordena las mareas
y distribuye las lluvias.
Soy la que vigila el crecimiento de las plantas
y de los animales.
Soy la que nace y muere, la que crece y decrece.
Soy la mediadora entre el Cielo y la Tierra.

El pequeño girasol no comprendía
esas mudas palabras misteriosas lunaluneras.
Pero se dejaba mecer por ellas
ya que le sonaban como una extraña canción
del pasado y del futuro.

La Luna continuaba deslizándose
por esa infinita pista de patinaje
que es el firmamento.

La flor giraba
su corolita-coronita
de plata,
la seguía,
y la escuchaba:

No sólo el Sol, girasol,
no sólo el Sol,
te da lo que le pidas.
También yo, Luna,
tan generosa
como ninguna,
soy dueña de la vida.
Si tus hermanos son para el Sol, girasol,
tú serás para la Luna.
Y nadie te dirá nunca más girasol,
te dirán Giraluna.

¡Eso sí lo entendió!
Ahora alguien lo conocía y lo reconocía.
Alguien le hablaba.
Alguien se ocupaba de él.
Alquien le había dado un lindo nombre:
Giraluna.

Y Giraluna giró su corolita-coronita,
para mirar a la patinadora del cielo,
con sus pétalos y con sus hojas-ojos.
Y ella, con sus rayos
lo acarició desde la altura.

Hasta el alba...

33

...Y así siempre, ciclo tras ciclo.
Porque en el Universo hay lugar para todos.
Porque en el tiempo caben el día y la noche,
las cuatro estaciones,
el Sol, la Luna y todos los seres del mundo.

Porque los altos y los bajitos,
los flacos y los gorditos,
los lindísimos y los no tanto...
todos tienen algo que hacer,
algo en que pensar,
alguien a quien querer
para poder Ser.

Se llamen girasoles o giralunas.

DESPUÉS DEL CUENTO, TE CUENTO...

... Te cuento que tú también puedes inventar un cuento. Solo, o con mamá, o con papá, o con los dos, o con tus hermanitos, o con tus amigos.

¿Que cómo se hace? No es tan difícil: hay que abrir las puertas de la imaginación, que es como un pájaro que está dentro de tu cabeza y quiere volar, ser libre.

Entonces abres la puerta y la imaginación vuela. Llega a un bosque, por ejemplo. No, mejor dicho a una selva. Allí encuentra un hipopótamo, un rinoceronte, una jirafa y un cocodrilo.

Como la imaginación es libre hace lo que quiere y mezcla las palabras: de hipopótamo y rinoceronte salen un rinopótamo y un hipopoceronte; de jirafa y cocodrilo salen un jiradrilo y una cocorafa...

¡Flor de cuento puedes inventar con un rinopótamo y un hipopoceronte, un jiradrilo y una cocorafa! Te diviertes multiplicado por cuatro si dibujas estos animalitos de pazcladas melabras, perdón, de palabras mezcladas.

La imaginación también puede volar por un jardín y mezclar flores. A ver si te animas con éstas: azucena y gladiolo, magnolia y crisantemo, heliotropo y pensamiento...

También puede suceder que la caprichosa imaginación vaya a la escuela y mezcle los nombres de tus compañeros. O que se quede en casa y mezcle los nombres de los utensilios y aparatos domésticos: una tenedera sería un cruce de tenedor con heladera, una pertana un cruce de puerta con ventana y así.

No importa ni poco ni mucho que los cuentos se parezcan a la realidad. ¡Ah! De paso: muchos chicos, cuando fantasean en algún ejercicio de redacción, sienten un poquitito de vergüenza y al final se disculpan diciendo que fue un sueño. Pero los sueños son parte de la realidad. ¿Acaso no suceden dentro de tu cabecita? ¿Y acaso tu cabecita no es bien, pero bien real? Si no me crees, pregúntale a Giraluna. Yo lo soñé. Ahora es la realidad de un cuento.

Eduardo Gudiño Kieffer